un petit livre

Le Chat botté

Adapté du conte de Charles Perrault
Illustrations de Paul Durand

DEUX COQS D'OR

À sa mort, un meunier ne laissa pour héritage que son moulin à l'aîné de ses fils, son âne au second et son chat au plus jeune. Ce dernier ne pouvait se consoler d'avoir un si pauvre lot.

Le chat lui dit alors : « Ne soyez point triste. Vous n'avez qu'à me donner un sac et me faire faire une paire de bottes pour aller dans les broussailles, et vous verrez que vous n'êtes pas aussi perdant que vous le croyez. »

Lorsque le chat eut ce qu'il avait demandé, il s'en alla dans la forêt. Là, il se cacha dans les buissons et ne tarda pas à attraper un lapin dans son sac. Puis il se rendit chez le roi. Devant Sa Majesté, il fit une grande révérence et dit : « Voilà, Sire, un lapin que monsieur le marquis de Carabas (c'était le nom qu'il venait d'inventer pour son maître) m'a chargé de vous offrir.

– Dis à ton maître que je le remercie », répondit le roi.

Le chat continua ainsi à porter
de temps en temps au roi du gibier de
la chasse de son maître.

Un jour, il
apprit que le roi
allait se promener
au bord de la rivière avec
sa fille, la plus belle princesse
du monde, et dit alors à son maître :
« Baignez-vous et laissez-moi faire. »

Le marquis de Carabas fit ce que son chat
lui disait. Pendant qu'il se baignait, le roi vint
à passer, et le chat s'écria : « Au secours ! voilà
monsieur le marquis de Carabas qui se noie ! »

Reconnaissant le chat qui lui avait
apporté tant de fois du gibier, le roi ordonna
à ses gardes d'aider le marquis.

Pendant qu'on secourait le jeune homme, le chat raconta que des voleurs avaient emporté les habits de son maître ; en réalité, il les avait cachés. Le roi exigea aussitôt qu'on lui en donne de nouveaux.

Les somptueux vêtements qu'on remit au marquis lui allaient comme un gant ; la princesse en tomba amoureuse et le roi l'invita dans son carrosse. Le chat partit devant. En chemin, il rencontra des paysans et leur demanda : « Bonnes gens, si vous ne dites pas au roi que ce pré appartient à monsieur le marquis de Carabas, vous serez hachés menu comme chair à pâté. »

À la venue du roi, les faucheux, apeurés, obéirent au chat.

Le chat rencontra ensuite des moissonneurs et leur dit : « Bonnes gens, si vous ne dites pas que ces blés appartiennent à monsieur le marquis de Carabas, vous serez hachés menu comme chair à pâté. »

Les moissonneurs obéirent à leur tour et le roi s'en réjouit. « Quel bel héritage vous avez là », dit-il au marquis de Carabas.

Précédant toujours le carrosse, le chat arriva enfin dans un château dont le maître était un ogre, qui possédait toutes les terres par où le roi était passé. Le chat demanda à lui parler.

L'ogre le reçut aussi poliment que le peut un ogre. « On m'a assuré, dit le chat, que vous aviez le don de vous changer en toutes sortes d'animaux.

– Cela est vrai, répondit l'ogre, et, pour vous le montrer, vous m'allez voir devenir lion. »

Le chat fut si effrayé qu'il gagna aussitôt le toit. Puis, lorsque l'ogre eut repris sa première forme, il descendit et avoua sa peur.

« On m'a assuré, dit encore le chat, que vous pouviez même vous transformer en souris ; mais cela est impossible.

– Impossible ? reprit l'ogre, regardez bien », et il se changea en souris. Le chat ne l'eut pas plus tôt aperçue qu'il la mangea.

À ce moment, le roi passa devant le château de l'ogre. Le chat courut l'accueillir et lui dit : « Que Votre Majesté soit la bienvenue dans le château de monsieur le marquis de Carabas.

– Comment, monsieur le marquis, s'écria le roi, ce château est aussi à vous ? »

Tous y entrèrent et s'attablèrent à un magnifique buffet que l'ogre avait fait préparer.

Le roi, charmé des qualités du marquis de Carabas, tout comme sa fille, et voyant les grands biens qu'il possédait, lui dit : « Monsieur le marquis, si vous le souhaitez, ma fille est à vous. »

Le marquis accepta l'honneur que lui faisait le roi et, le jour même, épousa la princesse.

C'est ainsi que le chat devint grand seigneur et ne courut plus après les souris que pour se divertir !